www.ingramcontent.com/pod-product-compliance
Lightning Source LLC
La Vergne TN
LVHW090138160826
845673LV00017B/2512

* 9 7 8 9 7 7 9 6 0 0 9 6 3 *

جحيم الصمت

زينب إسماعيل

اسـم الـعمل: جحيم الصمت

اسـم الكـاتب: زينب إسماعيل

المراجعة اللغوية: شركة دُنى

تـصميم الغلاف: شيماء منير

تـصميم وإخراج: 

تنسيق وإخراج داخلي: أسماء أيمن هيكل

رقم الإيداع: 31553/ 2024م

الترقيم الدولي: 3 -96 -9600 -977- 978

فُصْحَى للنشر والتوزيع

Darfosha@gmail.com

٠١٠٦١٣١٨٦٣٧

جحيم الصمت

(١)

« لا أعلم من أين ياتني الجحيم»

أسمع اصوات تأتي من الداخل البعض يصرخ و البعض الاخر يبكي، فلا اعلم ما الذي يخشونه منه هل هو الموت ام الالالم ام يتظهرون خشيا من القيل والقال..

حتي تسير خطواتي الي دخل منزلي أرى ما يراها الجميع أنها جثه، نعم انها كذلك ولكن اتسال دخلي والجميع ينظر الي يشاهدونني باعيون ترقبني، حتي توجهت نحوها وكشفت عن ذلك الوجهة، انه وجهي انها روحي انها أنا ولكن بجسدا آخر يتبخر يقمونا له مراسم الوداع الاخير، ابقا كما أنا لم يظهر عليا

شيء لم تتساقط دموعي بعد، ابقا كما أنا شمخا ارضا، ولكني اقسم لكم انني ابكي حرقتا داخلي احترق من الداخل روحي تنسحب من داخلي، كانني افقد جزء مني، فلا اخشي الموت ولا اخشي احدا، أنا فقط كنت اخشي الفراق كنت اخشي ان افقد أعز ماااحببتت يومًا، ظللت غرقا في صمتي.

حتي بعد مرور ثالت أيام على الرحيل وانا كلي رحل مني ولم يعد ولا اعلم كيف لي ان اجده بعد الآن، سمعت اناسا يقولونا انني مازالت داخل تأثير الصدمه والبعض الاخر يقولونا هذا نزعه من قلبه الرحمه لم يبكي قط دمعه وحده تزفر من عيناه تلك، وكانني كنت اتمانه فقدانها هذا ماسمعه قلبي، حتي في اليوم الاربعين من الفراق بدأت كل شيء صامت لا اسمع الي كلمات احد ولا اجيب على احد وكان كان لي احجوجه لذلك.

تذكرت حين كانت تخبرني بأن لا اعاقبها بصمتي وهي تبكي حتي فارقتني وفارقني صوتي فهو الشئ الوحيد التي طالما احبتني فيه كما احبيتني في نفسي، كانت لي كل شئ، تعلم ما بداخلي من نبرات صوتي وكانها الوحيدة التي تعزف على اوتار

الاحاني، والان لم تبقا ولم يبقا لي وتر يعزف عليه لحان واحدا بعد مرور ثلاثمائة وخمسة وستون يوما.. فقدت صوتي وهذا لا يهم بالنسبة لي، لانه ليس لي دافع بعد في الحياة..

في هي من كانت تجعلني أتحدث بطرقتها، هي الوحيدة التي كانت تنصت لي هي من كانت تغازل صوتي، هي من كانت الوحيدة على وجهه الأرض تهتم لامري، هي كانت امي وابي ورحي وصديقتي هي كانت لي كل الاحباب والاحبه كانت لي الأقرب والاقرباء الي قلبي هي كانت الاخوه والاخوات كانت العائلة والاهل و الصديق و الاصدقاء هي كانت لي كل العالم.. لا انسا أيامي التي عاشته بدونها ولكن زلت بداخل احشائي ارباط على ذكرياتي انعزل عن العالم وصوت البشر كي تبقي هي يبقا صوتها بداخلي ...انها لم ترحل حتي وان ظن الجميع انني فقدت عقلي حقاً بؤساء هم من ظنه ذلك ... هل حقاً أصبحت جحيم لمن حاولي من الصمت..ام أنني لم أستطيع البوح بما داخلي.. ام اصبحت الصمت هو جحيمي.

« صوت ضحكات ممزوجه من الحزن» قائلا:

فمن يريد إن يسمعني وان خانني التعبير وان علقت دموعي بحلقي وان علقت انا بمنتصف الحديث اتالم .. من ذا الذي يسمع صوت اوتر الاحاني تنزف داخلي . اخبر من، عن تلك الليالي..

اخبر من عن أيامي..

اخبر من عن رحيلك عنى وكااني اصبحت لعنه الصمت الحقيقة على وجه الأرض، هل يوجد مثلي تاتري؟

(٢)

«أكنت أقود حربًا وكنت أنا الخصم الأكبر»

لم أعلم انكي كنتي حقاً بدخلي ولم أشعر بيكي قط، دكت اقتلك سرا، كان الجميع ينعتني باللعنه ولا أحد كان يؤمن بي، الا انت، لم اتعرف على نفسي الا من خلالك من خلال مرائتك، عينكي التي كلما نظرت إليها استقر قلبي واسكنتني الطمأنينة و ارتاح بالي واستكمنت الرضا في أيامي، اخبرتني يوما بأن لا أحاول ارتكاب تلك الجريمه بحقكك حتي ادهشتني حرقت قلبك خوفا عليا بأن يصبيك الموت انت أيضاً، كنت لا اعلم ماذا تعني ذلك القول، حتي أنت من اصبتي فؤاد قلبي و روحي،

انت من علمتني كيف احب واعشق، كيف اتكلم واسمع، كيف انجو منى، كيف لي ان اكون غريقا الآن بدونك..فقدت نفسي عندما..فقدتك من جواري، كنت كل ليلة وضحها اعزم القول والنيه بأن انهي تلك اللعنه ، كل يوم اترك الدنيا فيها كل يوم مودعا لمن استبحا اذيتي وكظم طفولتي وسلب حقوقي، اشدتي اضلعي حينما انكسرت ولم أكون اعتدت الصموم الا من اجلك، لم تتبقا سو صوت الاموج تشهد علينا، حين رأيتك تقبلين بي، الان تشهد علينا الاموات، الآن .. كما شهد على رحيلك أهل الأرض، وصارت الأرض تشدد جفا بدونك، واتياني اليكي اقترب، كنت اخشي نفسي عليكي، حتي أنني لم أستطيع تحمل الالمك مني، ولا أستطيع خصامك يوما، لطالما كنتي عقابي الوحيد في هذا العالم، اخبرتك بان تلك العالم لا يشبهني حينها حزنتي قائله لي:

حتي أنا!

حينها احسست بأن قلبي يخشي الفرق يخشي الموت يخشي البعد يخشي المسافات يخشي الصمت، احببت نفسي من بعدك واحببت حبي لك، كدت افقدك لولا انني تخليت عن كل شئ

يجعلني سيئ ، تخليت عن كرهي لي وكره من تسبب في ذلك، كل من زرع بداخلي اللعنه، حتي تخليت عن قتلي من اجلك، فكيف لك إن ترحلي بدوني..ف انا بدونك دون و العين تأتي وتصبح عدواً لي .. فهل اصبتك لعنتي!

(٣)

«كدت اخشي الصمت»

كنت أعلم أن وحشتي تكمن حقاً في صمتي، هي الوحيدة من كانت تعلم أنني حينما أتألم أصمت، حين أحزن أصمت، حين أتوجع أصمت، هي من كانت تعلم أن مشاعري تكمن داخلي حقاً، ولان من يعلم من بعدك، يامن انت ليس بعدك بعد، فكنتي الاولي والاخيرة، وكل العالم لي. يااول من شاركتني ضحكات قلبي وفرحي وحزني، من علمني كيف انير بالظلام، والأن بمن انير، و أنا كنت انير بيكي.

عندما اخبرتني بان الموت هو الشئ الوحيد الذي يفرق

بيننا، انهمرت دموعي، و كانت أول مرة حقاً ابكي، لأن كان هناك من ينتظرني وانا ابكي بين اضلعه، من اخبره عن فيضان قلبي، احسست حقاً بأنني كائن حي يرزق، يوجد من يهتم لامره، اصبح عدونا الموت، كنتي أول من كان يهتم لامري واخر من اهتم، انكي كنت تنظري لي من الداخل، الجميع كان ينفر ويخشي مني وكانني لعنه الموت، الا انت كنتى تراينى ملاكا، وأنا لم اراني.

لم اراء سوكي يوما، حطم قلبي صمتا، احتراقت من الداخل حقاً عندما راتك بين التراب، تمنيت وان بقيت بجوارك ولكن لا يوجد تصريحا بالدفن بعد فأنا على قيد الحياة بدون روحي، بدونك.

كنت اخشي صمتي عليكي اعلم انه كان يقتلك لذلك كنت أفعل ما بوسعي كما كنتي تتمني، كنت اصير لكي مثل الردايو كي اسمع صوت ضحكاتك ولمعت عيونك، كنت اتعلم كيف القي شعرا من اجلك، كنت اصادق الصغير من اجلك.

كنت اسير ابتسم واصافح الجميع كما تفعلين، فما عاد ذلك

جدير لي بالامان..كنتي مسكني الوحيد بهذا العالم، فلا احد احتضاني مثلما انت فعلتي.. فالم اعد اخش صمتي كما كنتي تخشيه انت، كدت اخش من انك تعلمى ذلك .. لم يكن لي وطن الا وطنك فانت كنتي لي كل الاوطان.. والإفادة.

(٤)

« كنت افنا حتي لقاءك»

كدت اوشك على الرحيل حتي جمعنا يوم المعاد، اكنتي قدري المقدر، فما اصبني يمزج بخطواتك لما اقتربت كان يشتدد الرحيل، لا اعلم حينما كنت اتدور حزنا والمآ، كان يصبيك أنت أيضاً، كنا اثنين بروح واحدة، ولكن باختلاف المعاناه والماساه، ياليت الايام اتت واخبرتني بان روحي هنا معي بهذا العالم، قريبة مني، كنت سإعدا نفسي من أجلك، كنت سامحي سياءت غيري التي تركت اثراها بي، كنت اخلي عرشي من اجلك ولم اتوج ملك.

كنت مناحتك ما لم اخذة يوما، لا اعلم انه بذلك اليوم الملعون كانت ستحل عليكي لعنتي، امنحتني الحياة وانت على وشك فقدان حياتك، وافقتي ان تنقذني وانا بين الحياة والموت، من بعد محاولة نجاءه مني ..رغم خطورة الأمر، فعلتي مالم تفعلها لي عائلتي، حين علمت بهذا الأمر كادت جلسه علاجكك تفشل بسببي فلم تتحملي، بعد ان انهيتي عمليه الانقاذ، وانت تتلقي علاجكك بجواري، رأيتك ولا اعلم امرك .. خشيت عليك حقاً اكثر من نفسي .. كنت اتمانه ان اكون بدلا منك، نحن تحت سقف واحد بغرفه واحده غرفه العنايه المشدده.. مرحبا بكم بلقائي.. ايها العالم اللعين ..

(٥)

«مرحبا بعودتي من بعد موتي بيك..»

حين استقيظتي انتبهت لكي كل حواسي، اسمع صوت الالمك، انكي تحت تأثير احد الجرعات.

مازالت كلماتك لي عالقه في رأسي.. قائله:

ماذا تظن ان الحياة تعطيك الهدايا! من أجل ماذا؟ أم تظن انك خلقت عبثا؟!

فانا لم اجيبك بلا فضلت إن اسمع صوتك المتعب الذي يحمل

معاناتك لي بداخلي يحرك نبضات قلبي، ينقي دمائي الممزجه بالعنه جحيم الصمت، يحب روحي العالقه ويا السماء، تشهد النجوم علينا كل ليله، اسمع كلماتك تلك ممزجه برحيق الحياة..

قائله : يمر الوقت وانت لا تجيب ولا تتحدث! فأنا لا امارس عليك مهنتي وسلطاتى حتي لأن.

حتي اضحكتني حقاً..يبدون انكي اول من احببت سمعاه أكثر.. كنت اتركك تتحدثي كما تشاين لم املل، بل كنت اسعد أيامي..

حتي اخبرتني باننا اشبه حالك سابقآ حين، علمتي بشأن مرضيك..

جعلك بحاله من الصمت، واشغلك بمهام الحياة التي تودى انجازها وتحققه قبل رحيلك، تمنيت لولا ان استطيع إن اغير الزمان، فالولا هذا ماكنت انا هنا في تلك اللحظه أيضاً، فادراكت حينها ان كل شئ حقاً يسبب لسبب ما.

حتي علمت ان من هذه المستشفي من ممتلكاتي أيضاً، فأنا

لا اعلم كيف اصبح كل شئ بينا ليله وضحها، امتلك كل شئ و أنا خير مهمش في هذه الحياة، فليس لديا جيش، كما اخبرتني الحياة إن جيش المرء عائلته، و العائلة قادرة على هدمك او بناءك .

(٦)

«اسمك كان العنوان.. الحياة»

حينما عدت الي عالمي وعلمت بشأن ماحدث وانا اودعك مره اخر.

فالم اجد سوكي حتي أنني توهمت المرض والامرض، حتي تكون لي دواء، فليس على المريض حرج، و ليس علي حرج في حبك، ف كان اول من تبحث عنك عيني، في اول اجتماع مجلس الادارة.

هو اسمك نور..

فكنتي حقاً نور، يضيئ الخطاه ، فامنت ان الله سبحانه يجعلنا لنا نصيب في اسماءنا، فانها كانت لي النور والهدايا و الايمان.

وجدت انك للجميع كذلك، كيف بان لا تكونى مقدره لي؟!

حينها وجاداتني الحياة..اردات ان اتعلم كل شيء، واعلم كل صغيرة وكبيرة، وانا لا اكون لعنه كما ظننت، لا اعلم انك تعرفيني حقاً، فكنتي أول من كان يعلم بانتقال ملكيه هذه المستشفي لي..

بعد ان اعتذزتي عن هذا المنصب.. جدى حقاً خير من يختار، ولكن لم يفعل شئ بدون مقابل، فكان من أجل ماذا ياتري!

هل كنتي احد ضحايا التجارب!

ام انكي ضحايا أيضاً العائلة ما؟

اكنت محاولة قتلك ياجدى ام إنها مجرد ازمه صحيه ام تمثليه!

من أجل ماذا ياجدى! تجعلني ملك تلك البحار وانت تعلم أنني الغارق؟

محاولات التخلص مني سابقآ، كانت خوفا من تلك اللحظه! اتجعليني المالك والحامي الوحيد، وأنا لم اجد من يحمني! اتظن انني اعطي مافقدته؟ اتجعلني ملعون حقاً! ظغي، ظالم، فرعون عليهم! بعد ان كنت أنا المظلوم! ايعقل ان أكون.

(٧)

«انا الجاني..و المجني عليه»

اصراتها في نفس في كل مرة كما فعل سيدنا يوسف ولم يبديها لهم، فقدت طفولتي حينما لا أجد من لا يحتضني، تركت من أجل الحب أيضاً، ولكن كان ممزجا بالانانيه، حرمت ان احيا حياة دافئه، من أجل شخص آخر، تم التخلي عني وانا لا حوله بيي ولا قوة، ايعقل كل هذه.

عندما كنت اعيار بتلك الحقيقة، كنت اصراها في نفسي، لا اعلم كيف لي إن ادافع عن نفسي التي استبحت ممن انجبني فلم يمنح لي الحق في ذلك من اليوم الأول لي في الحياة، جاءت

من أجل ماذا

لما لم تتخلص مني؟

اخشيت ان تقتل لعنه الزيجوت؟

ام روحا تعذب كل يوم خير لها من إن تتخلص من زيجوت!

ام انه استهلاك لظلام رحم .. خير له من أن لا يؤدى وظفيته!

اكانت تخشي من مسميات الحالة الاجتماعية!

ام مجتمع يتوجب عليه فعل ذلك كلما صنعه رحم آخر، كأنه قيمه النساء لا تأتي لا بالأنجاب وغيره؟

ام انه امرا ذكوري تحت مسمى عادات وتقاليد المجتمع!

اكان دافع الأوكسيتوسين؟!

ام إنه أمشاج بدون روح!

ذهبها الي امرأة اخري تحت مايسمي الحب، و هي أيضاً اردات إن تهب نفسها للعالم الآخر، فـ أنا ابن امرأة اصابه الجنون العقلي بعد محاوله التخلص من نفسها، فظلت تلعن نفسها التي احبت والذي انجبت..

كانه سيناريوه فشل المجتمع بالحياة الزوجيه، اهذا تكون التضحيه!

حتي أنني لم اعلم لها ملامح، وكان مجئي لعنه ..لا تعلم بها، اسقط لها من السماء ام ماجيئي كان لهدف لم تنال مراده.

كإنني غير مرحب بي..

يقسم الرجل الذي يطلق علي نفسه مصطلح الأب..

فهو والله مكان اب بالكن كان والد ينجيب قط، بانه ليس السبب بذلك وان ماحدث كان قسمته ونصيبه من الحياة، وانه فقط اراده ان يكمل سنه الحياة مع امرأة اخري اهل هذا ذنبا يجني عليه؟

فكنت دائما اذكره بتلك المرأة التي لم يلتف لها يوما، فهي حقاً انانيه..

فانا ابن جميع البيوت مثل القطط، يعطف عليا من يعطف، ويشماز مني من يشماز، يفعله بي مايحل لهم و اقهر أنا من أجل ابنائهم .

ولان يقفه امامي خشياتن لي من الذل من أجل المال.. أي حقوق هم الشرعيه و ليست القانونيه لان كل شئ اصبح لي، الم يرحمه ضغفي وقله حلتي، اهذا يفعلون باحباب الله، فأنا أيضاً كنت طفلا..

(٨)

«الطفل الذي لم تحتضنه القبيلة، سيعود ويحرقها ليشعر بدفئه»

احمد خالد توفيق

يرودني كابوس العزف علي اوتار القتل، هل اقتل من قتل صوتي، ام من اساء لي، فمن اساء اليا يوما اساءت اليه مائة عام وتسعه وتسعه يوما، فـ أنا لعنه ستمبر، خلود العالم، فصل الوقع في الحب، فكان لي فصل العزف على اوتار قلبي الالام.

فالم يجد الصمت مواطن وفيآ اكثر من قلبي، حين كنت

كقطعه رقيق من الشطرانج يبعث بيها من يشاء، ويفعله بيه مايشئون، تركت ارضا ولم يحملني أحد بين يدها.

حين سمعت صوت معاناتك و اصرارك على الصمود ولا تخافين المرض ولا الموت، علمت إن وراء تلك القوة فيضانات، خشيت عليك من ان اتسأل، وخشيت عليك من إن يظل بداخلك وحدك تلك الفيضانات، كان أفضل شئ عليا ان افعله هو الصمت، حتي قولتي لي تلك الجملة لم استطيع محيها من ذهني حتي الآن..

«انكسرت من جميع الاماكن التي امنت به يوما»

وجدت بداخلك تلك المشاعر التي طالما خشيت على البوح بها يوما، فعهدت نفسي ان أكون لكي كعالم ستمبر..

خريفا..

فثلاثمائة وخمسة وثلاثون يوما من عمري.

كانت لكي نفسك المعاناه ولكن باختلاف الادوار وبعض من

الاحداث ولكن بقايا الاثر كما يبقاني على قيد الحياة..

رغم قسمك على الرحيل، فكنت اخشي من إن ترحلي عني يوما..

ورغم رحيلي عنهم الا و ان عودتي لهم جميعا كلا البركان.

(٩)

«أَصبَحت أحبَّ الصَّمْتُ و لَا أًعلَم.. هل مَاتَت كلماتي أم مُتَ أنَا»

لا أحد يعلم غيرك، عن ندوب صمتي، و جوارح قلبي، وبعثرات روحي، منذ رحيلك ولا اسمع صوتي، الا كلمات انطق بها للضرورة، يقف الجميع ضدي كما اعتدت سابقآ واصمت، لآراه بما سأحل بيه علي راسهم من اقويل، شاهدت على دامر من سلب مني حقوقي ولم يمنحه لي، من أجل غيري، و عجز غيري عن الحق حتي غرق هو أيضاً امامي، ولم افعل شيئا.

أحد ابناءه، اشقائي.. القاه باحد دوار المسنين، بعد ان علمه انه لا رجاء في ميلي له و مالي، كنت شاهد على كل شيء بعيني، حين كنت اتصدق على روحك، رايته هناك ملقاها على الكراسي المتحرك، شاهدت احد ابناءه التي فضلهم عليا، وكان كل شيء لهم ومن اجلهم، يحاول إن يصنع له مكيده موته مسموما، يشرع له جنائته..

لم اتدخل بالوقع ..جعلت على شئ يسير كما كان القدر يسير معي تماما.. حقاً احببت صمتي، وسماع كلماتي صوتي من الداخل، أحد ابناءه قبل ان يلقاه بالدار المسنين اتهمه بالجنون..

حين علمه انه يريد ان يصلح ما افسدهه..

فذلك الوقت عليك فقط ان تدع القدر يفعل المقدر دون ان تفسد مايحدث..

اللعنه اصبحت في كل مكان بدونك.

مره الكثير على غيابك وأنا لم اتحمل كل ذلك، الا من اجلك..

هل من مزيد من الصمت ياكل بجسدى، ، اهل من مزيد من الصمت ليتلف عقلي، فاما عن روحي في رحلت حقاً..

حين رحيلك، اخبرتني بأن الصمت مثل المرض وانك تخشي بأن تحاطي بالاثنين معآ، قائله: فما عن المرض فانت لا دخل لك ولي به ف اصابني، واما عن السرطان الحقيقي فهو الصمت. إن تتالم ولا تتكلم إن تشكو روحك تنزيف داخلك، إن قلبك يحاط بمتلازمة القلب المنكسر، و جسدك يتحدث عن معاناتك لانتاج المزيد والمزيد من لعنه الفورمالين..

ماوحطك بالسيكوسوماتك ..

تنطقي بحروفي، و الحرف يبكي عين من يقرأ، و انا لا ابكي و لا ادمع..

احتراقت من الداخل فلا تنين للاذن ان تسمع ندبات بوحي ونبضات قلبي. ف فكان يصيبك المرض وخشيت عليكي بأن يصيبك صمتي.

(١٠)

«قلبي علينا افتراقنا حين التقينا»

كانِ صوتي متيماً، حتي كنتي لي العالم والناس اجميعين، ، فلما لا تكنى لي منذ البداية، تلاشت تلك الملامح من الصغير..

كانت لها عذر المرض..و أنا المجني عليه، كان اناني من اجل الغريزة وتركني، كانوا يبرئون انفسهم مني وانا الملعون، بختلاف الادور يترك لنا الاثر، ف انت غيرهم.

هل كنتي لي حلما عجزت عن تحقيقه للنهايه؟

ام خيال ممزج بالعنه الواقع؟

ام أنني حقاً لا أشعر؟

أتحدث معاك كل ليله، كل نهار، كل ثانيه، تعيشين داخل انفاسي، فهل يحق لي الرحيل من بعدك، الا إن يشاء عقلي ام قلبي ام روحي..،

كنتي قضيتي الاولي والاخيرة، انتهت أيامي من بعدك، ياقولنا لي انني اصابت بالجنون، اهل هذا صحيح، الم تأتي لتبريقي يوما، يا شوارع المدينة رتبي لنا لقاءا ولو صدفه، اهل كان لقائنا صدفه في مختلتي!؟

اهل كانتي صورا في ذهني مشوها؟

اهل تخلفينا المعاد!

أم لم يكن لي أحد، ام ان الذي جرحا من عائلته لم يشفا ابدا!

الم يحق لي الشفاء!

أم كنت أنا المختل حقاً، عندما احببت الذكريات التي اصنعها من بعد لقاناء الذي لم يدوم ثلاثمائة وخمسة وستون يوما؟

هل هذا الحب يكفي ان يبقيني علقا بهذا العالم بسلام!

ام اهلكت نفسي بحرب لا راء لها!

ام أنني حقاً مختل عقليا برحيلك، ام انني تلك الصغير الذي حرم.. وظل يبحث عن حرمانه، فالم اجد في قلبي صوتا.. لصراخي بهذا العالم.. فكان الصمت هو الحل الأنسب..

عذرا ياعزيز القارئ:-

إن لم تجد نفسك يوما، و وجداتها هنا لأول مره، فكان لك كامل الأسف في حق نفسك، وإن وجدت نفسك تنزف متالمه الاحروف والكلمات فلا بائس عليك لربما بدايه جديدة لك في أن تبحث عن داءك و دواك..

وإن خانك الخيال الاسقاطي ممتزاجا بين الصفحات تبحث عن من يسرد لك ماعجزت بالبوح به ذات يوم من أيام صمتك.. فلا تخشي أن تبتر ذكرياتك بالبوح بها، أخرج كل تشوها بداخلك بكل فخراً وسرور بأنك مازالت أنت، بأنك مازالت إنساناً تحمل الإنسانية تبحث عن ذاتك وتداوي ما يالمك، لا اذي ولا مؤذي،

كن ناجيا، كن انت فلا تظلم نفسك مراتين كلا الذين اباحوه سفك روحك وانت على قيد الحياة، ضع حدا لتلك النزيف الذي يجعلك تحرق روحك مخدوعا بالدفء، لا تدخل حرباً بدون راء، لا تضع نفسك هامشا مهمشا لنفسك، لا تقسم على بتر ما تملك له دواءاً.

فأنت وجدت لسبب لم تخلق عبثاً ،فأنت أعظم مخلوقاً عند الله، و إن كنت غارقاً لما قراءت مشوشا لكلماتي فإنك هارباً وسجينا لنفسك، كل منا قادر علي إن يمتلك الحريه، حريه التخلي، حريه البوح، حريه الازدهار ، حرية الطموح، حرية النمو من جديد، لك مطلق الحرية فأنت مخير و مسير تلك حياتك فامتلك زمام أمورك، لا تحطم ماتبقا منك، لا تكن أشلاء الماضي، ولا رماداً يتبخر على أخطاء غيره، فأنت هنا ولأن..

أزرع سوك ليكن لك بستان من الأزهار، ولا بائس عليك إن وجدت نفسك بين طيات إحدى الصفحات، خير لك من أن تكن أنت هامش كل ورقه تطوها بيدك التي تنزف من شدة التمسك بأسئلة متيمة لا أجابه لها ، ولا حراج عليك من ان ترمم أوتار

عزوف روحك التي تتلف من شدة التالم، ما كان لك ذنب ولم تكن انت المذنب، فإذا أطمئن لعودتك من جديد ، لعودة قراءة كل حرف وانت ليس متألم منه ، مدواين تلك النزيف التي رأيته عينك بين السطور و الصفحات..تقسم التعافي والشفاء..

فأنت تستحق إن تحاول في كل مرة من أجل نفسك..

وإن لم تجد نفسك تماماً بين السطور ولكن تتفهم كل حرف فأنت قادر على التحكم في مشاعرك أو ربما شديد الحذر و لربما عاجز لم تعرف لأي من انت تنتمي له..

«تتشبث روحك بالوداع، وتمكث انت البقاء»

اتكن معاناتك الحقيقة هي أنت ، لما تتنازل عن حب نفسك من جديد في كل مرة..، التنازلات تجعلك تحصد الخساير و ما اسوء أن تكن خسراتك الوحيدة هي نفسك ، ايحصد المزارع حطب وحجار!

أكان السماد فاسد ام أهمل الثمار ؟

اتعتقد بأن غيرك سيراعا بستانك الذي اهمالته بنفسك !؟ فما بالك بأن هذا البستان هو أنت!

كيف لك أن تتهم غيرك بالاهمال وانت اول من استبحا ذلك،

بعد أدرك «نفسك» هي مسؤوليتك وقضاياتك الاولى.

كيف لك أن تعطي الحب وانت لا تحب ذاتك!

كيف لك أن تعطي مافقدته لغيرك دون أن تمنحه لنفسك!

اتنتظر من من إن يعطيك الحرية وانت سجينك!

تتهم بسرقه ما هو حق لك ، لأنك بكل بساطة لم تضع نفسك مقاما .

عندم تراه نفسك موضع عدم الإستحقاق ، لا تنتظر من غيرك إن يمنحك حق واحدة حتي من حقوقك.

فلا أسفا على نفسا استباحت سفك عزوف أوتارها للجميع..

فل الحقوق تاخد ولا تمنح..

«وَقَدْ خَابَ مَنْ دَسَّاهَا» سورة الشمس

«ان وضع ما ليس هو بموضعه يكن حجيما لك»

صمتك هذا ليس لغه العظماء التي تخدع نفسك به ، كلما عجزت تحرق روحك بالصمت ، تنسحب من المواجهة ربما مواجهه نفسك في كل مرة ، تنزف نزيف الجندى اللذي تنازل عن وطنه خوفاً من مقاومة الاحتلال ظنن أنه يضحي من أجل من يحب وهو أول من ابح سفك روحه للآخرين، فكيف من لا يستحق الحق بأن يتوقف عن سلبها من بعدك!

كما أن الصمت يعبر عن تأمل نفسك من الداخل، و التفكر العميق، و التحكم والسيطرة لضبط زمام الأمور، في هو أيضاً سلاحاً بيدك تكاد أن تقتل بيه نفسك و جسدك على قيد الحياة.

لا تفرط في الصمت فهو سلام ذو حدين.. فتعلم كيف توجهه سلاحك جيداً.

تجهل ما تحب ، لأنك تجهل نفسك ، ويول نفسك إن كنت تجاهلها..

تفسد.. تسود.. تظلم.. تتبعثر.. تهلك..

عندما تجيد معرفه سلاحك جيداً، إذا فأنت تجيد معرفه نفسك..

تجيد معرفه الآخرين، تجيد رواية مقامك، فتجد مقام الآخرين..

تمنح نفسك استحقاق الحياة ،، فتاجد نفسك في ما يشبهك..

ليست كلمات تهتف بيها للآخرين..وانت لا تجيد لها معني..

«و إن كنت تملك جميع جيوش العالم، سيكمن جيشك بداخلك»

ليس لاخرين معني الا و إن منحت لهم ذلك، لا يملك الاخر عليك حق الا وان تنزلت له عن ذلك، لا أحد يمتلك اذيتك الا من اهدايت اليه نفسك قربانا.. هكذا تكن انت الجاني والمجني عليه، ان اسمريت في التخلي والتنازل عن سوك ونفسك لغيرك.. اتبيح سفك روحك التي عحزت عن ترميماها لغيرك و تحسب أنك هكذا انت حقاً المجني عليه!

اتبرء حق نفسك عليك!؟

إن لم يكمن الجيش المرء نفسه ، فلا يكن له جيوشا و إن اوهمه مال روحه ذلك.

و إن لم تمتلك قوتك فلا سلاما لنفسك منك ..

و إن لم تقدر على تحمل مسؤولية حياتك ، فلا حياة لغيرك فيك ..

و لا اسفا على بعثرت جيوش العالم من أجلك..

فانك مواطن وموطنا ووطن ، وان لم تامن نفسك فلا امان لك .

من لا خير له في نفسه ، لا خير فيه لأحد..

وان اعتمدت النفس البشرية على الاخر..تتبعثر..حتي تحترق.

قال النبي محمد صلى الله عليه وسلم:

«احرص على ما ينفعك، واستعن بالله ولا تعجز» (رواه مسلم).

«لا يحل للإنسان اتلاف مال روحه»

ليس الصمت هو الجحيم، بلا انت هو جحيمك الذي طالما تشبثت به هروبا، لا حل ولا محل لك به، لطالما يعيش الإنسان يسعي من أجل روحه، فانت نفخت فيك من روح الله، من يعجز على الروح ان تحى حياة طيبة.

ماذا سولت لك نفسك!؟

اتظن أنك مادة! جاءت من أجل ماذا!؟

كيف صور لك عقلك هذا؟!

الإنسان يعيش كل يوما هدية من الله، يبحث فيه عن نفسه ، روحه ، عقله . معافيا ليس من أجل الشقاق..

لتجمع بينهم بسلام وليس بنفور و طغيانا ..

****

في هذا الجحيم من الصمت، أدركت أن كل شخص لديه طريقته الخاصة في البحث عن المعنى..

كل سؤالا هنا كان يحمل عبئا من المعاناة..

ولكن في نفس الوقت كان يُعيد تشكيل فهمك من جديد.

إن الحياة ليست مجرد مجموعة من التحديات.

بل هي رحلة لاكتشاف الذات، حيث نحتاج جميعًا إلى الإيمان بقدرتنا على التغلب على الصعاب.

لذا، أتمنى من أعماق قلبي أن يجد كل واحد منكم طريقه.

أن ينطلق نحو ظلامه الداخلي ليثمر من جديد ، وأن يكتشف صوت روحه الذي يُناديه.

فلا تدعوا العالم يطغى على أصواتكم، بل اجعلوا من كل سؤال دافعًا نحو تحقيق ذواتكم..

تمت بحمد الله

الفهرس